Jacques le fataliste

FichesdeLecture.com

Jacques le fataliste
(Fiche de lecture)

I. INTRODUCTION

Jacques le Fataliste et son maître est un roman écrit par Diderot (1713-1784). Il paraît pour la première fois en 1778 dans la *Correspondance littéraire*, puis en volume en 1796, soit des années plus tard.

Le philosophe s'est inspiré de plusieurs œuvres et réflexions, mais a produit une œuvre originale, riche et inédite par sa forme hybride et son apparence décousue. Refus des conventions romanesques, méditation sur la fatalité, l'existence humaine, et aventures qui viennent s'imbriquer les unes dans les autres, *Jacques le fataliste* constitue une œuvre surprenante, et très moderne.

II. RÉSUMÉ DE L'ŒUVRE

Jacques et son maître cheminent ensemble, sans que nous en apprenions plus sur leur destination, leur raison de voyager, où bien encore d'où ils viennent. Le maître écoute son valet lui raconter ses histoires et philosopher ; tous deux apprécient particulièrement leurs longs débats sur le lien entre causes et effets, ainsi que sur le déterminisme et la fatalité dans l'existence humaine.

Justement, Jacques pense que « tout ce qui nous arrive de bien et de mal ici-bas était écrit là-haut ». Pour appuyer ses propos, il se lance dans une longue narration d'évènements ayant eu lieu dans son existence, sous la forme de récits entrecoupés de nombreuses digressions. Afin de souligner la fatalité qui marque sa vie (alors que son maître, lui, ne se sent pas déterminé mais libre), Jacques évoque ce qui l'a conduit à être boiteux, mais aussi amoureux... en résumé, il décide de lui raconter sa vie.

Pendant qu'ils parlent, les deux voyageurs vivent plusieurs aventures. Ils résistent à une attaque de brigands, ils perdent leurs affaires puis les retrouvent, croisent un cortège funèbre du capitaine de Jacques (finalement bien vivant), se rendent à l'auberge dite du Grand-Cerf, tandis que Jacques enchaîne sur la manière dont il a séjourné chez un chirurgien après une blessure de guerre. Il faut dire que les voyageurs n'ont pas l'air d'être pressés : ils n'hésitent pas à s'arrêter, rebrousser chemin par moments, ou suivre ce qui leur paraît être une nouvelle aventure intéressante.

Alors qu'on orage éclate, Jacques et son maître écoutent leur hôtesse leur raconter l'histoire de la vengeance de Mme de la Pommeraye contre le marquis des Arcis, son amant qui l'a délaissée. Puis le soleil revient, et les deux hommes reprennent la route, en compagnie cette fois du marquis et de son secrétaire, Richard. Nous apprenons que ce dernier a été victime du père Hudson.

Par la suite, Jacques reprend son histoire où il l'avait laissée, racontant ses amours. Il est, par le passé, tombé amoureux de Denise, rencontrée au château de Desglands. Aussitôt, il coupe son récit pour raconter à son maître la perte de son pucelage. Voulant reprendre son histoire, Jacques est interrompu par un mal de gorge.

Bien que très ennuyé de ne pouvoir entendre la suite et d'être ainsi distrait, le maître prend la parole à son tour, afin de lui raconter ses propres histoires. Dix ans auparavant, il a dû reconnaître un enfant qui n'était pas le sien. On apprend alors que ce garçon serait l'objectif du voyage des deux hommes. Mais le maître rencontre par hasard le chevalier de Saint-Ouin, le père de l'enfant, et donc celui qui l'a dupé des années auparavant. Il le tue en duel. C'est avec ceci que se clôt l'histoire du maître.

Quant à celle de Jacques, trois versions de fin nous sont proposées par l'éditeur :

- dans la première fin, Jacques demande les faveurs de Denise
- dans la deuxième version, son genou est massé avec sensualité par la jeune femme
- dans la dernière, il va en prison pour meurtre puis est délivré, et épouse Denise.

III. PRÉSENTATION DES PERSONNAGES

Jacques

Jacques est un valet très bavard, qui aime à disserter sur la fatalité qui règne sur l'existence humaine. Il est caractérisé par la franchise de son ton et de ses manières, quitte à brusquer parfois celui qui est pourtant son maître. Tous deux s'entendent très bien et paraissent trouver un équilibre dans leur duo.

Comme l'indique le titre du roman, Jacques est « fataliste » ; en effet, sa philosophie, au final assez primaire et très naïve, peut se résumer ainsi : tout ce qui touche à la vie d'un être humain et aux évènements qui se produisent relève en fait du destin, et on ne peut rien y faire. Ce principe, hérité du temps où il était soldat, détermine l'ensemble de la pensée du valet, qui est un homme fondamentalement résigné.

Dans les faits, pourtant, Jacques ne correspond pas toujours à son discours. Par exemple, il lutte lorsque des incidents se produisent, et parvient souvent à les tirer de mauvaises situations. Ensuite, il n'hésite pas à protester en vain lorsque cela lui chante ; son maître lui rappelle que cela vient directement contredire son fatalisme. Néanmoins, Jacques n'en a pas besoin, car lui-même se révolte immédiatement contre ce qu'il vient de dire, et il apparaît alors comme son propre observateur et commentateur.

Le maître

Bien que maître de Jacques, il est, au même titre que son valet, une marionnette entre les mains de Diderot, pour véhiculer ses idées.

Le maître nous est présenté comme un aristocrate paresseux, oisif, et qui n'attend qu'une chose : être distrait par son valet et philosopher avec lui. Contrairement à Jacques, il pense être libre.

Nous apprenons vers la fin du roman qu'il a dû reconnaître un enfant qui n'était pas le sien, une décennie auparavant.

Le Marquis des Arcis

Voyageur de l'auberge où les deux hommes font halte, le marquis subit la vengeance de Mme de la Pommeraye, dont il était l'amant.

Madame de la Pommeraye

L'amante abandonnée parvient à faire épouser au marquis une femme qui s'avère en fait être une courtisane.

IV. AXES DE LECTURE

Une œuvre hybride

Il est difficile de résumer ce roman, dans la mesure où il ressemble à un ensemble de poupées russes, ou à un grand puzzle littéraire. Même l'écrivain se parodie lui-même dans l'œuvre en faisant déclarer à un lecteur fictif la chose suivante : « votre *Jacques* n'est qu'une insipide rhapsodie de faits, les uns réels, les autres imaginés (...) distribués sans ordre ».

L'idée est que le voyage et le récit de vie amoureuse de Jacques sont un tronc commun, autour duquel viennent se greffer une multitude d'autres histoires, qui constituent autant de digressions. L'ensemble nous parvient donc par bribes, comme pour mieux impatienter le lecteur.

C'est donc une œuvre hybride qui nous est proposée ici. Les sujets s'enchaînent sans forcément de rapport, les voix sont multiples, ainsi que les points de vue.

Se mêlent alors de nombreux tons, genres et styles, qui donnent à l'œuvre son aspect de patchwork littéraire. Parmi eux (et la liste est loin d'être exhaustive !), nous pouvons relever :
- des réflexions philosophiques
- du dialogue
- des éléments tragiques, avec l'histoire de Mme de la Pommeraye
- de la satire, à travers la figure de la pâtissière infidèle
- du comique
- une oraison funèbre
- des formes de la dissertation philosophique
- des éléments de roman picaresque...
- un recours à l'allégorie

Au niveau des tons, la langue est parfois précieuse, élevée (Mme de la Pomeraye), parfois de basse extraction (notamment avec le franc-parler de Jacques).

Rappelons à nouveau que ces éléments ne sont que des exemples et non l'intégralité du mélange, et que c'est l'une des dimensions les plus originales de cette œuvre de Diderot.

Enfin, il est intéressant de constater que ce qui, de prime abord, apparaît comme le fil conducteur de l'œuvre – le voyage, est en fait dénué de contenu. Certes, quelques incidents se produisent, mais il ne se passe pas grand-chose dans l'ensemble, à l'exception notable d'une fin qui s'accélère brutalement, puisque le maître est conduit à tuer un chevalier.

Un antiroman

Jacques le Fataliste illustre bien à quel point Diderot a marqué son refus des conventions romanesques traditionnelles.

Déjà, nous l'avons vu, il n'y a pas réellement d'intrigue occupant l'intégralité de l'ouvrage, mais plutôt un croisement de quatre motifs, de quatre lignes directrices des multiples histoires, en quelque sorte : le voyage d'environ huit jours, le récit des amours, les commentaires directement introduits par le narrateur, les multiples digressions. Il y a donc de la part de Diderot une mise au rebut totale de la linéarité romanesque.

L'écrivain refuse en fait les techniques un peu trop aisées de ceux qu'il appelle les « faiseurs de romans ». Lui-même se vante de ne pas en écrire un, car roman serait synonyme de mensonge. Ainsi déclare-t-il : « il est bien évident que je ne fais pas un roman, puisque je néglige ce qu'un romancier ne manquerait pas d'employer. Celui qui prendrait ce que j'écris pour la vérité serait peut-être moins dans l'erreur que celui qui le prendrait pour une fable ».

Par exemple, les contes amoureux sont parodiés à travers le récit de Jacques ; de même, les aventures des romans picaresques sont grossies, détournées. Du point de vue de la cohérence de l'histoire, tout ce qui pourrait venir préciser le contexte (lieu, origine, chronologie, etc.) est tout simplement mis de côté.

Ce rejet des conventions devient un véritable jeu pour l'écrivain, qui s'amuse à faire dire au narrateur la chose suivante : « Vous voyez, lecteur, que je suis en beau chemin, et qu'il ne tiendrait qu'à moi de vous faire attendre un an, deux ans, trois ans, le récit des amours de Jacques, en le séparant de son maître et en leur faisant courir à chacun tous les hasards qu'il me plairait ».

De plus, Diderot montre bien qu'il veut changer les habitudes de lecture de ceux qui lisent son ouvrage, en dérangeant leurs attentes : « Vous allez croire, lecteur, que ce cheval est celui qu'on a volé au maître de Jacques : et vous vous tromperez. C'est ainsi que cela arriverait dans un roman, mais ceci n'est point un roman ».

Le fatalisme dans l'œuvre

Comme le titre le laissait à penser (mais tous les titres ne sont pas représentatifs du contenu des livres...), le fatalisme est un thème largement débattu dans l'œuvre de Diderot.

Jacques en a d'ailleurs tiré son surnom, d'autant qu'il croit fermement que la vie humaine est marquée par la fatalité. Plusieurs expressions le prouvent ; nous en avons déjà cité une en ouverture, à laquelle nous pouvons ajouter « le grand rouleau où tout est écrit », ou bien encore « chaque balle à son billet ».

Jacques est en réalité plus déterministe que fataliste, puisqu'il est athée (et ne croit donc pas en une fatalité venue d'une force supérieure divine) et qu'il agit encore en tant qu'homme (or le fatalisme implique que l'action humaine n'ait aucune valeur).

Diderot, comme de nombreux autres penseurs des Lumières, était très préoccupé par cette question de la doctrine déterministe. Il faut pour cela rappeler un passage d'un autre de ses écrits, une lettre de juin 1756 : « *"Regardez-y de près, et vous verrez que le mot liberté est un mot vide de sens ; qu'il n'y a point, et qu'il ne peut pas y avoir d'êtres libres ; que nous ne sommes que ce qui convient à l'ordre général, à l'organisation, à l'éducation, et à la chaîne des événements. Voilà ce qui dispose de nous invinciblement. On ne conçoit non plus qu'un être agisse sans motif, qu'un des bras d'une balance agisse sans l'action d'un poids ; et le motif nous est toujours extérieur, attaché ou par une nature ou par une cause quelconque, qui n'est pas en nous."* »

Mais cette réflexion n'a pas empêché le philosophe de creuser la question de la liberté humaine de tous les jours, telle qu'elle se détache d'une conception abstraite. À cet égard, il peut être intéressant de considérer cet ouvrage comme une contestation indirecte de la doctrine déterministe. Mais il est difficile de l'évaluer dans la mesure où nous ne savons pas exactement à quel point Diderot s'est projeté dans son personnage.

Quoi qu'il en soit, la liberté est bien présente, et ce sous de nombreuses formes, comme si l'auteur cherchait à nous y amener en permanence. Jacques déclare quelque chose qui pourrait être attribué directement à ce que pense Diderot, tiraillé entre ses constatations spirituelles, philoso-phiques et son attachement (sentiments, ressenti) à la liberté : "J'enrage d'être empêtré d'une diable de philosophie que mon esprit ne peut s'empê-cher d'approuver, ni mon cœur de démentir". Ici, c'est l'idée d'un fossé entre cœur et esprit qui est clairement indiquée.

Mais de nombreux éléments entravent la liberté, à l'image de ce nar-rateur qui revendique sa marge de manœuvre, mais qui finit toujours par céder une part de cette liberté pour des raisons différentes (souci du lecteur, réel, légèreté...). Ainsi, il déclare parfois "il ne tiendrait qu'à moi", avant de revenir sur ses paroles : "ils en seront quittes pour...".

Un dernier élément caractérise la démarche de Diderot : la question que ne se pose jamais Jacques après avoir affirmé son fatalisme, est celle de l'origine de ce phénomène.

Ainsi, nous ne saurons pas qui il estime être "l'auteur du grand rouleau". Est-ce juste une question d'athéisme, où une volonté claire de prendre le roman et ses réflexions dans un contexte uniquement matériel ? Le débat est ouvert.

Grand mystificateur, Diderot a pris soin de brouiller toutes les pistes, entre le narrateur et le lecteur, au cœur même des histoires, mais aussi entre les personnages eux-mêmes, qui ne cessent de se jouer des tours entre eux.

Dans la même collection en numérique

Les Misérables
Le messager d'Athènes
Candide
L'Etranger
Rhinocéros
Antigone
Le père Goriot
La Peste
Balzac et la petite tailleuse chinoise
Le Roi Arthur
L'Avare
Pierre et Jean
L'Homme qui a séduit le soleil
Alcools
L'Affaire Caïus
La gloire de mon père
L'Ordinatueur
Le médecin malgré lui
La rivière à l'envers - Tomek
Le Journal d'Anne Frank
Le monde perdu
Le royaume de Kensuké
Un Sac De Billes
Baby-sitter blues
Le fantôme de maître Guillemin
Trois contes
Kamo, l'agence Babel
Le Garçon en pyjama rayé
Les Contemplations

Escadrille 80

Inconnu à cette adresse

La controverse de Valladolid

Les Vilains petits canards

Une partie de campagne

Cahier d'un retour au pays natal

Dora Bruder

L'Enfant et la rivière

Moderato Cantabile

Alice au pays des merveilles

Le faucon déniché

Une vie

Chronique des Indiens Guayaki

Je voudrais que quelqu'un m'attende quelque part

La nuit de Valognes

Œdipe

Disparition Programmée

Education européenne

L'auberge rouge

L'Illiade

Le voyage de Monsieur Perrichon

Lucrèce Borgia

Paul et Virginie

Ursule Mirouët

Discours sur les fondements de l'inégalité

L'adversaire

La petite Fadette

La prochaine fois

Le blé en herbe

Le Mystère de la Chambre Jaune

Les Hauts des Hurlevent

Les perses

Mondo et autres histoires

Vingt mille lieues sous les mers

99 francs

Arria Marcella

Chante Luna

Emile, ou de l'éducation

Histoires extraordinaires

L'homme invisible

La bibliothécaire

La cicatrice

La croix des pauvres

La fille du capitaine

Le Crime de l'Orient-Express

Le Faucon malté

Le hussard sur le toit

Le Livre dont vous êtes la victime

Les cinq écus de Bretagne

No pasarán, le jeu

Quand j'avais cinq ans je m'ai tué

Si tu veux être mon amie

Tristan et Iseult

Une bouteille dans la mer de Gaza

Cent ans de solitude

Contes à l'envers

Contes et nouvelles en vers

Dalva

Jean de Florette

L'homme qui voulait être heureux

L'île mystérieuse

La Dame aux camélias

La petite sirène

La planète des singes

La Religieuse

1984 A l'Ouest rien de nouveau

Aliocha

Andromaque

Au bonheur des dames

Bel ami

Bérénice

Caligula

Cannibale

Carmen

Chronique d'une mort annoncée
Contes des frères Grimm
Cyrano de Bergerac
Des souris et des hommes
Deux ans de vacances
Dom Juan
Electre
En attendant Godot
Enfance
Eugénie Grandet
Fahrenheit 451
Fin de partie
Frankenstein
Gargantua
Germinal
Hamlet
Horace
Huis Clos
Jacques le fataliste
Jane Eyre
Knock
L'homme qui rit
La Bête humaine
La Cantatrice Chauve
La chartreuse de Parme
La cousine Bette
La Curée
La Farce de Maitre Pathelin
La ferme des animaux
La guerre de Troie n'aura pas lieu
La leçon
La Machine Infernale
La métamorphose
La mort du roi Tsongor
La nuit des temps
La nuit du renard
La Parure

La peau de chagrin

La Petite Fille de Monsieur Linh

La Photo qui tue

La Plage d'Ostende

La princesse de Clèves

La promesse de l'aube

La Vénus d'Ille

La vie devant soi

L'alchimiste

L'Amant

L'Ami retrouvé

L'appel de la forêt

L'assassin habite au 21

L'assommoir

L'attentat

L'attrape-coeurs

Le Bal

Le Barbier de Séville

Le Bourgeois Gentilhomme

Le Capitaine Fracasse

Le chat noir

Le chien des Baskerville

Le Cid

Le Colonel Chabert

Le Comte de Monte-Cristo

Le dernier jour d'un condamné

Le diable au corps

Le Grand Meaulnes

Le Grand Troupeau

Le Horla

Le jeu de l'amour et du hasard

Le Joueur d'échecs

Le Lion

Le liseur

Le malade imaginaire

Le Mariage de Figaro

Le meilleur des mondes

Le Monde comme il va

Le Parfum

Le Passeur

Le Petit Prince

Le pianiste

Le Prince

Le Roman de la momie

Le Roman de Renart

Le Rouge et le Noir

Le Soleil des Scortas

Le Tartuffe

Le vieux qui lisait des romans d'amour

L'Ecole des Femmes

L'Ecume Des Jours

Les Bonnes

Les Caprices de Marianne

Les cerfs-volants de Kaboul

Les contes de la Bécasse

Les dix petits nègres

Les femmes savantes

Les fourberies de Scapin

Les Justes

Les Lettres Persanes

Les liaisons dangereuses

Les Métamorphoses

Les Mouches

Les Trois mousquetaires

L'étrange cas du Dr Jekyll et de Mr Hyde

L'Ile Au Trésor

L'île des esclaves

L'illusion comique

L'Ingénu

L'Odyssée

L'Ombre du vent

Lorenzaccio

Madame Bovary

Manon Lescaut

Micromégas

Mon ami Frédéric

Mon bel oranger

Nana

Ne tirez pas sur l'oiseau moqueur

Notre-Dame de Paris

Oliver twist

On ne badine pas avec l'amour

Oscar et la dame rose

Pantagruel

Le Misanthrope

Perceval ou le conte du Graal

Phèdre

Ravage

Roméo et Juliette

Ruy Blas

Sa Majesté des Mouches

Si c'est un homme

Stupeur et tremblements

Supplément au voyage de Bougainville

Tanguy

Thérèse Desqueyroux

Thérèse Raquin

Ubu Roi

Un Barrage contre le Pacifique

Un long dimanche de fiançailles

Un secret

Vendredi ou la vie sauvage

Vipère au poing

Voyage au bout de la nuit

Voyage au centre de la terre

Yvain ou le Chevalier au lion

Zadig

À propos de la collection

La série FichesdeLecture.com offre des contenus éducatifs aux étudiants et aux professeurs tels que : des résumés, des analyses littéraires, des questionnaires et des commentaires sur la littérature moderne et classique. Nos documents sont prévus comme des compléments à la lecture des oeuvres originales et aide les étudiants à comprendre la littérature.

Fondé en 2001, notre site FichesdeLectures.com s'est développé très rapidement et propose désormais plus de 2500 documents directement téléchargeables en ligne, devenant ainsi le premier site d'analyses littéraires en ligne de langue française.

FichesdeLecture est partenaire du Ministère de l'Education du Luxembourg depuis 2009.

Plus d'informations sur www.fichesdelecture.com

ISBN: 978-2-511-02926-8